AF197922

Glück muss Hund haben

von Bella Dierssen

Impressum

Das Werk, einschließlich seiner Teile, ist urheberrechtlich geschützt. Für die Inhalte ist die Autorin verantwortlich. Jede Verwertung ist ohne ihre Zustimmung unzulässig. Die Publikation und Verbreitung erfolgen im Auftrag der Autorin, zu erreichen unter: tredition GmbH, Abteilung „Impressumservice", Halenreie 40-44, 22359 Hamburg, Deutschland.

© Lavinia Dierssen

Verlagslabel: Lavinia Dierssen
ISBN Taschenbuch: 978-3-384-01383-5
Ebook: 978-3-384-01384-2
Druck und Distribution im Auftrag der Autorin:
tredition GmbH, Halenreie 40-44, 22359 Hamburg, Germany

Bibliografische Information der deutschen Nationalbibliothek:
Die Deutsche Nationalbibliothek verzeichnet diese Publikation in der Deutschen Nationalbibliografie; detaillierte bibliografische Daten über http://dnb.dnb.de abrufbar.

Meine Vorgeschichte

Hi, mein Name ist Bella und ich möchte dir von meiner Geschichte erzählen, eine Geschichte, die ich mit vielen Hunden teile. Am 02. Mai 2016 habe ich das Licht der Welt erblickt. Ich wurde in einem öffentlichen Shelter in Targu Jiu, eine Großstadt in Rumänien, geboren. Wir leben hier mit sehr vielen Hunden in zu engen und verdreckten Käfigen, viele Hunde verletzen oder töten sich gegenseitig. Ich habe Angst, finde keine Ruhe. Ich sehe regelmäßig fremde Menschen kommen, ich glaube, sie wollen uns helfen, aber es wird ihnen sehr schwer gemacht. Hier im Shelter herrscht schneller Wechsel, Hunde von der Straße werden von staatlichen Tierfängern hergebracht, vierzehn Tage aufbewahrt und dann getötet. Ich frage mich, wann ich die Nächste bin. Und dennoch glaube ich Glück zu haben, denn viele Straßenhunde werden von Menschen überfahren – egal wie alt, welches Geschlecht oder ob es eine säugende Hundemama mit ihren Welpen ist. Für die Menschen hier sind wir Abfall, eine Seuche, die bekämpft werden muss. Doch warum gibt es so viele von uns? In vielen Ländern Europas haben wir frei mit unseren Besitzern gelebt, doch dann wurden massenhaft Wohnblöcke errichtet und die Menschen flohen in die Städte, in welchen wir nicht mehr willkommen waren. So konnten wir Hunde uns unkontrolliert vermehren, was mittlerweile ein großes Problem geworden ist. In Rumänien haben Straßenhunde ansatzweise Glück, denn die Tierfänger fangen uns mit Netzen oder Schlingen, welche uns zwar schwer verletzen können, aber es gibt auch – wenn auch wenige – Kastrationsprojekte, wodurch wir uns nicht mehr so schnell fortpflanzen können wie vorher. In beliebten Urlaubsgebieten, wie zum Beispiel Gran Canaria, geht es Straßenhunden schlechter. Hier wird, vom Urlaubsgeld der Menschen finanziert, pro Kopf Geld gezahlt für jeden toten Hund. Viele der Hunde bekommen den Kopf zum Beweis abgeschlagen oder werden in Rudeln in Brand gesteckt und auf die Müllhalde geworfen. Die armen Hunde, die das Feuer überlebt haben, quälen sich unter starken Schmerzen bis sie endlich Ruhe finden dürfen. Denkt aber nicht nur uns Straßenhunden ginge es schlecht, auch Hunde mit einem Zuhause leiden und leben ihr Leben lang an Ketten oder werden für den illegalen Welpenhandel missbraucht. Grausam wenn ihr mich fragt. Ich hoffe so sehr lebend hier raus zu kommen und ein gutes Zuhause zu finden. Die Zeit vergeht und ich werde größer. Wieso lebe ich noch und wer sind diese Leute, die öfter nach mir sehen? Am 07. September 2016 werde ich von einigen Menschen zu einem Tierarzt gebracht, mein Zuhause für die nächsten Wochen wie ich feststellen muss. Ich werde geimpft, bekomme einen Chip mit Papieren und meine Eileiter wurden angeblich durchtrennt. Mitbekommen habe ich davon nichts, aber seitdem habe ich ein blaues „L" auf dem Bauch tätowiert. Am 12. Oktober 2016 ist es dann soweit. Aufregung liegt in der Luft und ich bin sehr unsicher was nun auf mich zukommt. Hier sind auf einmal Frauen, welche eine fremde Sprache sprechen und einen Hund nach dem nächsten in kleine Boxen stecken. Als sie mich ebenfalls in eine dieser Plastikboxen schieben möchten, wehre ich mich. Was wollt ihr von mir? Lasst mich los!

Aber mein Wehren hat keinen Sinn, sie sind stärker als ich und ich bin müde vom Leben. Meine Leidensgenossen und ich werden in einen Transporter geladen und mit Teppichen bedeckt, denn uns soll keiner sehen. Nach einer gefühlten Ewigkeit, oder in Menschenzeit circa 30 Stunden, gefangen in einer dunklen und engen Box und in meinen Ausscheidungen liegend, kommen wir endlich am Ziel an. Die Wagentür öffnet sich und mit ihr fällt grelles Licht ins Wageninnere. Ich bin müde, verängstigt und genervt. Bei den Frauen stehen ein Mann, eine Frau und ein kleiner Junge. Ist das etwa meine Familie? Ich werde aus der Box geholt und an einer Leine gelegt der Familie übergeben. Mein neues Zuhause ist nun in Hemmor und ich teile mein Zuhause mit einem anderen Tierschutzhund und einigen Katzen. Der Hund kommt sogar aus dem gleichen Tierschutzverein wie ich.

Ein Tierschutzverein besteht aus
Menschen, die mit Hilfe von Spenden Tiere schützen.

Endlich kann mein schönes Leben
beginnen.

Die Vermittlung

„Dringend Pflege – oder Endstelle gesucht, kann leider nicht bei ihren Besitzern bleiben. Sie ist gefährlich und beißt nach Katzen und Kindern." So lautet der Text über mich auf einer Plattform für Verkaufsanzeigen. Ich habe gerade erst meinen ersten Geburtstag gefeiert und werde schon gehasst. Ich bin andauernd krank, werde in zu enge Geschirre gesteckt und von meinen Besitzern geschlagen, wenn mich der kleine Junge nicht gerade mit seinen Spielsachen verwechselt und seinen Frust an mir auslässt. Und dann haben sie noch die Frechheit mich abschieben zu wollen und Lügen zu behaupten, nur weil ich ihnen zu groß und zu teuer werde. Ich habe doch mitgekriegt, wie sie bereits nach einem neuen Hund aus Rumänien Ausschau halten. Eine Frau kommt zu Besuch und erzählt, dass mich eine Familie unbedingt haben will. Die Tochter hat sich beim Verein beworben und anscheinend haben sie auch die Vorkontrolle bestanden.

Bei einer Vorkontrolle schickt ein Tierschutzverein eine Person vorbei, welche einige Dinge überprüft, wie zum Beispiel die Immobilie oder das Grundstück.Hier wird nach der Größe geguckt und ob das Grundstück eingezäunt wurde oder ob es ein offenes Grundstück ist. Außerdem wird ein ausführliches Gespräch mit der Familie geführt.Bei dem Gespräch wird von dem Verein und von dem Tier berichtet und geklärt, ob man geeignet ist beziehungsweise ob man sich Gedanken um die anfallenden Kosten gemacht hat.

Und dann wandern die Blicke plötzlich zu mir. Ich bekomme eine neue Familie.

Neue Familie, neues Glück?

Es ist der 14. Mai 2017 und ironischerweise Muttertag als mich meine eigentliche Familie in ihren Transporter steckt und wir zwanzig Kilometer fahren, um die andere Familie zu treffen, welche für eine Strecke 300 Kilometern benötigte. Meine Noch-Familie zeigt sich von ihrer asozialen Art: ungeduscht, kaputte Kleidung und sie schlagen mich grundlos vor meinen neuen Besitzern. Ich selbst bin ungepflegt, stinke und knurre sobald sich etwas bewegt. Was wenn die neue Familie genau so ist? Ich habe keine Lust mehr! Aber irgendwas ist anders. Die Tochter, Leni, und ihr Vater, Petrus, verteidigen mich. Während sich Leni langsam nähert und mich bei ihnen ins Auto hebt, macht Petrus meinen ehemaligen Besitzern eine ordentliche Ansage. Kurze Zeit später verlassen wir rasant den Treffpunkt und ich fahre mit meiner neuen Familie ins Ungewisse. Nach der Hälfte der Strecke knurre ich immer noch. Meine Mitmenschen dürfen ruhig wissen, dass ich mich unsicher und unwohl fühle. Auf einmal reicht mir Petrus etwas von seinem belegten Brötchen nach hinten und ich esse es genüsslich. Ich denke wir werden bald Freunde. Einige Zeit später kommen wir in meinem neuen Zuhause an, hier wohne ich in einer großen Wohnung und habe für mich allein ein großes eingezäuntes Grundstück, welches ich an der Leine erkunde. Hier werde ich mich sicher wohlfühlen.

Ein gefährlicher Nachbar

Du kennst doch bestimmt solche Hundebesitzer, die Sätze sagen wie „der macht nichts, der will nur spielen" oder „Sie haben ein Weibchen? Dann ist ja alles gut, meiner hat nur mit Männchen ein Problem!". Nachdem ich nun einige Tage angekommen bin und in Ruhe mein Zuhause und die Umgebung erkunden konnte, hatte ich meine erste Hundebegegnung. Unsere Nachbarn haben eine Hütehunddame und laut Aussage der Nachbarin „mein Hund kann toll mit Weibchen" hätte alles gut gehen sollen. Merk dir bitte eins: Menschen, die weder ihren Hund anleinen wollen noch ihren Hund ordentlich unter Kontrolle haben, haben meist keine Ahnung von ihrem Hund. Und so kam es wie es kommen musste. Der Hund namens Mia kam unangeleint auf mich zu, ich unterwarf mich direkt und dennoch griff sie mich an. Sie biss mich in den Hals und ich schrie vor Angst und pinkelte mich ein. Meine neue Familie ist sofort dazwischen gegangen und unsere Nachbarin verließ den Ort des Geschehens mit den Worten „falls was ist, mein Hund ist versichert". Ich zittere und möchte nicht mehr weiterlaufen. Ich möchte nach Hause und meine Familie hat Verständnis dafür. Mir ist zum Glück nichts weiter geschehen, aber seit diesem Tag haben wir einen großen Bogen um das Haus gemacht, damit das auch so bleibt. Bitte ruhe dich nicht auf der Versicherung aus, wenn du nicht in der Lage bist deinen Hund zu erziehen und dieser einen anderen tötet, hilft es der Familie auch nicht, wenn sie etwas Geld von der Versicherung bekommt.

Denke immer bitte daran: Wie würdest du dich fühlen, wenn es dir passieren würde und dein Hund das Opfer wäre?

Vergiftungsgefahr

Es ist ein herrlicher Tag, die Sonne scheint und Leni spielt mit mir im Garten. Mittlerweile sind zwei Wochen seit meinem Einzug vergangen und ich darf mich ohne Sicherheitsleine bewegen. Wir spielen mit meinem Ball, spielen Fangen und ich tobe durch den Garten. Das grüne Gras kitzelt unter meinen Pfoten, die Vögelchen zwitschern und das warme Sonnenlicht lässt mich komplett entspannen. Rennen macht mir großen Spaß, genauso wie Löcher graben. In der Hecke riecht es spannend, sind da vielleicht Mäuse? Ich fange an zu buddeln und stecke dabei immer wieder meine Schnauze in das Loch um die Spur nicht zu verlieren. Aus Versehen verschlucke ich dabei einen Käfer, bestimmt nicht so wild, schließlich esse ich auch gerne Grashüpfer und Fliegen. Plötzlich geht es mir jedoch ganz schlecht, ich kann mich kaum auf den Beinen halten und mir ist schwindelig. In sekundenschnelle breche ich zusammen, meine Pupillen sind geweitet, ich sabbere und verliere unkontrolliert Urin und Kot. Ich brauche Hilfe. Meine Familie packt mich ins Auto und zusammen rasen wir zum Tierarzt. Ich bekomme vor der Praxis auf der Wiese mehrere Spritzen, werde untersucht und von meiner Familie gestreichelt. Langsam geht es mir besser. Nach ein paar Stunden übergebe ich mich und der Tierarzt weiß was mich beinahe umgebracht hätte: ein Ölkäfer.

Ölkäfer sind schwarze längliche und glänzende Käfer, die auf Wiesen, Feldern, Waldböden und in Gärten zu finden sind.

Werden sie gefressen, sondern sie ein Gift aus, was für viele Tiere wie Hunde tödlich sein kann.

Weißt du, dass es noch mehr Dinge gibt, die für Hunde tödlich sein können?
Giftige Tiere sind zum Beispiel Ameisen, Bienen, Wespen, Hornissen, Kreuzottern, Erdkröten und Feuersalamander. Aufpassen musst du auch, wenn du Hunde zusammen mit exotischen Haustieren wie Giftschlangen, Skorpionen oder einigen Spinnen hältst. Aber auch andere Insekten wie der Asiatische Marienkäfer können uns gefährlich werden.

Es gibt neben verschiedensten Tieren aber auch *giftige Pflanzen* wie zum Beispiel Holunder, Goldregen, Flieder, Hortensien, Engelstrompete, Oleander, Efeu, Ebereschen und Stechpalmen. Bitte achte darauf, dass wir davon nichts ins Maul nehmen.

Ein weiteres wichtiges Thema sind *Lebensmittel.* Nicht alles, was du isst, darf ich auch essen. So sind zum Beispiel rohe Nachtschattengewächse wie Kartoffeln, Tomaten und Auberginen gefährlich, gekocht oder gegart sind sie aber in Ordnung. Zwiebeln, Knoblauch, Bärlauch und Schnittlauch können die roten Blutkörperchen zerstören. Weintrauben und Rosinen können die Nieren schädigen.
Schokolade ist je nach gegessener Menge und Größe des Hundes tödlich. Hierzu ein **Beispiel:** Isst ein Chihuahua zwei Tafeln Schokolade, dann ist das tödlich. Isst eine Deutsche Dogge ein Stück Schokolade, dann passiert nichts.

Bitte vermeide außerdem blähendes Gemüse, stark gewürzte Speisen oder verdorbene Lebensmittel. Wir Hunde essen zwar alles, kommen aber mit den daraus resultierenden Bauchschmerzen nur schlecht zurecht. Du siehst, es gibt viele Dinge, die besser nicht in unser Maul gelangen und die uns gefährlich werden können. Oft denkt man gar nicht daran oder weiß es einfach nicht, bis es zu spät ist.

Kontrollbesuch

Es sind nun einige Wochen vergangen seitdem ich bei meiner neuen Familie eingezogen bin. Heute kündigt sich hoher Besuch an, denn der Tierschutzverein lässt eine Kontrolle durchführen.

Nachkontrollen sind normal und dürfen nicht verweigert werden, sie dienen dem Schutz der Tiere.

Es klingelt, welches ich lautstark zu kommentieren weiß. Leni legt mich an eine kurze Hausleine vor dem Öffnen der Tür, damit ich nicht einfach hinausstürme. Viele Trainer empfehlen ein solches Verhalten. Vor der Tür steht eine fremde Frau mit ihren Hunden. Ich habe Angst und verstecke mich hinter Leni, während diese mit der Frau redet. Beide kennen sich, denn es ist offensichtlich die gleiche Dame, die auch die Vorkontrolle gemacht hat. Leni berichtet von meiner Eingliederungszeit, ich behalte so lange die Hunde im Auge. Weder hören sie auf ihr Frauchen, noch haben sie Benehmen. Ich mag sie nicht und das teile ich deutlich mit. Sie sollen gehen. Nach kurzer Zeit verschwinden alle und ich spiele wieder mit Leni im Garten. Nach einem erschöpfenden Tag klingelt am Abend das Telefon, der Tierschutzverein ist am Apparat. Die Kontrolleurin habe dem Verein berichtet, Leni würde mich nur anleinen, ich dürfte mich nicht frei bewegen und sie würde sich Sorgen machen. Außerdem würde Leni mich angeblich schlagen, was nie passiert ist. Leni musste diese Lügen klarstellen und berichtet vom Treffen. Danach ist das Thema erst mal erledigt.

Hepatozoonose

Leni macht sich Sorgen um mich. Ich bin andauernd müde, bin schnell außer Atem und habe einen angeschwollenen Lymphknoten. Außerdem läuft mir dauernd die Nase, die Augen tränen und ich atme manchmal komisch. Sie informiert den Verein und wir fahren wieder zum Tierarzt. Ich mag es hier, die Frau ist nett und gibt mir Leckerlis. Ich werde komplett untersucht und bekomme Blut abgenommen, welches ich brav über mich ergehen lasse. Es wird ein großes Blutbild erstellt und auf Mittelmeerkrankheiten getestet. Nach ein paar Tagen bekommen wir das Ergebnis per Email zugeschickt. Das Bild ergibt, dass einer der Leberwerte stark erhöht ist und dass ich Hepatozoonose habe. Leni weint und ich mache mir Sorgen. Das letzte Mal, als ich sie so weinen sah, war, als ich beinahe wegen dem Käfer gestorben war. Ich tröste sie mit Küsschen und Kuscheleinheiten. Beim nächsten Tierarzttermin bekomme ich ein Medikament, welches ich eine Woche lang zuhause nehmen muss. Es schmeckt widerlich, aber es wirkt. Der Leberwert normalisiert sich, aber der Rest bleibt und geht seitdem auch nicht mehr weg. Höchstwahrscheinlich hab ich die Krankheit seit meiner Geburt.

Doch was sind Mittelmeerkrankheiten?

Mittelmeerkrankheiten sind Erkrankungen, die Hunde typischerweise im Mittelmeerraum befallen. Durch den Klimawandel haben einige jedoch längst Mitteleuropa erreicht. Sie werden durch Parasiten übertragen, meist Mücken oder Zecken. Viele Hunde zeigen keine, nur schwache oder erst verspätet starke Symptome. Deswegen sollte jeder Tierschutzhund und jeder Hund, der mal im Urlaub war, auf jeden Fall getestet werden, besser wäre natürlich jeden Hund zu testen. Es gibt verschiedene Mittelmeerkrankheiten: Anaplasmose, Babesiose, Borreliose, Ehrlichiose (Zeckenfieber), Dirofilariose (Herzwurm), Hepatozoonose, Leishmaniose und Giardien.

Doch was genau ist denn Hepatozoonose?

Hepatozoonose wird über die braune Hundezecke und Igelzecke übertragen. Während die braune Hundezecke eher das warme und trockene Klima bevorzugt, ist die Igelzecke in ganz Deutschland verbreitet. Im Gegensatz zu anderen Krankheiten wird Hepatozoonose nicht durch den Biss, sondern durch das Verschlucken derganzen Zecke übertragen. Die Zecke wird über den Verdauungstrakt in den Darm gebracht, wo die Erreger durch die Darmwand in die Blutbahn gelangen und so die Muskeln und Organe erreichen. Bei einer Langzeit-Kortisontherapie gelangen die Erreger auch ins zentrale Nervensystem, was zu Wesensveränderungen führen kann.

Hepatozoonose kann nur mittels Bluttest diagnostiziert werden. Heilung ist ausgeschlossen, man kann nur die Folgeerkrankungen behandeln, die von Fieber über Lethargie, Anämie, Nasen – und Augenausfluss, Diarrhö, Lymphadenopathie, Thrombozytopenie, Myositis, Muskelatrophie, Abmagerung, Leber- und Nierenversagen bis hin zur Versteifung der Rumpf- und Nackenmuskulatur führen kann. Du siehst, es ist besser dein Hund regelmäßig zu testen als Gefahr zu laufen, dass er leidet und du es nicht bemerkst. Wenn du mehr über die anderen Krankheiten erfahren möchtest, findest du interessante Quellen im Nachwort, die du dafür nutzen kannst.

Das letzte Gespräch

Leni ruft beim Tierschutzverein an und berichtet von den Testergebnissen und meinem Gesundheitszustand. Nachdem sie wutentbrannt das Telefonat beendet hat, berichtet sie uns was die Meinung des Vereins zu der ganzen Situation ist. Anscheinend bin ich für den Verein kein schützenswertes Tier, sondern nur eine Einnahmequelle, denn sie sagten: „ach, das Vieh lebt eh nicht lange, hatten da schon Fälle. Am Besten Sie geben uns den Hund zurück, wir kümmern uns um die Entsorgung und Sie können einen anderen Hund nehmen gegen neue Tierschutzgebühr". Das erklärt auch warum Leni so viele Schimpfworte genutzt hatte. Leni hat dem Verein erklärt, dass sie sich nie wieder melden brauchen. Sie kämpft für mich und mein Leben! Sie erinnert mich an meine Mama. Ich bin so dankbar diese Familie gefunden zu haben. Nach diesem Telefonat gab es keine Kontaktaufnahme mehr und der Verein tut so wie als wäre ich nie von ihnen gewesen.

An dieser Stelle merkst du bestimmt, dass das ein seltsames Verhalten ist. Auch unter Tierschutzvereinen gibt es schwarze Schafe. Sicherer sind Tierheime vor Ort, auch da kann man oft Auslandshunden helfen.

Wie ist es mir bisher ergangen?

Nachdem die turbulente Anfangszeit ein Ende gefunden hatte, kamen endlich die ruhigen Tage. Aus ruhigen Tagen wurden ruhige Wochen, aus denen ruhige Monate und aus denen schließlich ruhige Jahre wurden. Ruhe, die ich dringend gebraucht habe, nicht nur um mit meiner Vergangenheit zurecht zu kommen, sondern um mich selbst zu finden. Ich bin zwanzig Zentimeter gewachsen, obwohl es hieß, dass ich nicht mehr wachsen würde und habe in meiner Familie wahre Engel gefunden. Erziehung und Tricks sind ein wichtiges Thema, ich beherrsche stolz einige Kommandos. Leni legt jedoch Wert darauf, dass **ich** nicht zu kurz dabei komme, sodass ich zum Beispiel beim Spaziergang selbstständig entscheide wo wir lang gehen. Da ich immer an der Leine laufe, weiß Leni wo ich bin. Ich bin ein Angsthund, bedeutet Geräusche, Menschen und andere Hunde machen mir so eine Angst, dass ich panisch davon laufe. Aus diesem Grund laufe ich an einer acht Meter langen Leine, wenn ich toben will habe ich schließlich einen sicheren Garten! In der direkten Nachbarschaft habe ich mittlerweile einen Spielgefährten gefunden. Am Zaun rennen wir hin und her und begrüßen uns immer lautstark. Es ist schön nicht von jedem Hund gehasst zu werden. Weiterhin standen regelmäßige Besuche beim Tierarzt und beim Hundefriseur an, ich bin ein Schutzhund und mein Fell braucht viel Pflege! Eine tolle Überraschung sind immer wieder Feiertage und mein Geburtstag. Es gibt nicht nur Leckerlis, sondern auch Spielsachen!

Hunde müssen regelmäßig entlastet werden.
Zur geistigen Entlastung sind Intelligenzspielzeuge,
Schnüffelteppiche und Tricks super geeignet. Zur körperlichen
Entlastung gehört mehr als nur zwanzig Minuten am Tag
laufen, hier gibt es eine Vielzahl von Sportarten und
Möglichkeiten, individuell angepasst an deinen
Hund und dich.

Zusätzlich habe ich viele Ausflüge mit meiner Familie gemacht. Auch wir Hunde möchten Abwechslung haben und nicht immer das gleiche sehen oder essen. Am liebsten bin ich am See, da kann ich im Wasser planschen! Ich fühle mich geliebt und sicher, oft hab ich noch Phasen wo ich sehr ängstlich bin, aber Leni und Petrus haben dafür vollstes Verständnis und sind für mich da. Nach einigen Jahren folgt der Schock: der Hausbesitzer möchte verkaufen und wir sollen umziehen. Ich hasse Umzüge und Veränderungen. Ich habe immer das Gefühl, dass ich alleine zurück gelassen werde. Lange hat meine Familie nach einem geeigneten Zuhause gesucht, denn viele Vermieter haben leider ein Problem mit Hunden egal welcher Rasse oder wollen nur kleine Hunde in ihrem Haus. Einige haben Leni sogar geraten sie solle mich einfach ins Tierheim stecken, dann könnten sie gerne einziehen. Da war was los sag' ich euch! Legt euch besser nicht mit Leni an, schon gar nicht wenn es um mich geht. Nach einer langen Zeit der Suche ist es soweit, wir haben eine Zusage und der Stress beginnt. Ich habe hier für dich einige Tipps gesammelt, wie du deinem Hund in dieser Zeit helfen kannst:

Lass uns zum Beispiel beim Kartons packen zugucken, damit wir mitkriegen und verstehen was los ist. Falls du die Möglichkeit hast, solltest du uns während dem Umzug bei Freunden oder Familienmitgliedern unterbringen. Geht dies nicht oder du willst es nicht, dann sollte eine Person nur für das Aufpassen zuständig sein, damit wir nicht aus der Tür rennen zum Beispiel. Hast du deinen Hund bei Tasso registriert, solltest du rechtzeitig die neuen Daten speichern. Habe von Anfang an einen festen Platz für die Sachen für deinen Vierbeiner, dann weiß er, dass er willkommen ist. Und der wichtigste Tipp lautet nach dem Umzug erst langsam das Alleinbleiben wieder aufbauen.

Der Umzug

Trotz der Beachtung der Tipps ist der Umzug für mich sehr stressig, da während des Umzugs noch Renovierungsarbeiten in der Wohnung stattfinden. Mir ist es einfach zu laut, deswegen bin ich dankbar, das Leni viel mit mir draußen unterwegs ist. Leni ist in diesem Dorf groß geworden und kennt sich hier super aus, deswegen erleben wir gleich von Anfang an tolle Abenteuer bei unseren Spaziergängen. Neu für mich ist dabei der enge Kontakt zu Kühen, von denen es hier ganz viele auf den Wiesen gibt. Nachdem der Umzug geschafft ist, kann ich endlich in der neuen Wohnung ankommen. Sie bietet viel Platz für mich und hat eine große bodentiefe Glasfront mit einem tollen Ausblick. Hier liege ich gerne in der Sonne und beobachte die Vögel oder was unten auf dem Grundstück so los ist. Leider habe ich hier kein großes Glück bei der Suche nach Hundefreunden. Typisches Dorfbild: viele streunende Hunde und Katzen und niemand scheint wirklich höflich zu sein. Aber das ist noch nicht mal das Schlimmste, denn diesen Tieren gehen Leni und ich gekonnt aus dem Weg. Das Schlimmste ist immer die direkte Nachbarschaft. Hier wohnen fünf Hunde bei Menschen, die besser keine Hunde haben sollten. Einer der Hunde, ein Schäferhund, beißt nach allem was er erwischen kann. Das liegt aber **nicht** an der Rasse, sondern schlicht und ergreifend an dem Besitzer. Mir tut der Hund leid, aber ich ihm offenbar nicht, denn ich wurde in der Zeit, die wir dort leben, mehrmals von ihm angegriffen und sogar Leni wurde angegriffen.

Wie flieht man jedoch vor seinen Nachbarn, wenn es nur einen Weg ins Feld gibt? Timing war hier gefragt und wir bekamen von der Polizei erlaubt uns mit Pfefferspray zu schützen. Leni hat mir jedoch von Anfang an das Gefühl gegeben, dass sie mich verteidigt wenn es drauf ankommt und so genieße ich dennoch meine Spaziergänge, sollen die Hunde hier doch alle durchdrehen! Am interessantesten sind für mich die Spaziergänge, bei denen ich dem Landwirt ein paar Häuser entfernt helfen durfte die Kühe auf die Weide zu bringen. Jeden Morgen raus und jeden Abend rein in den Stall, außer das Wetter hat es nicht zugelassen, dann sind die Kühe auf eine Wiese nahe am Stall gekommen, sodass ich keine Arbeit hatte. Auch wenn ich vor Kühen großen Respekt habe, ist es toll so viele Gerüche wahrnehmen zu dürfen! Meine restliche Zeit verbringe ich in der Wohnung, wo ich mit Leni spiele oder mich ausruhe, denn mittlerweile brauche ich mehr Schlaf als am Anfang. Einen Garten für mich habe ich hier leider nicht, denn die anderen Bewohner des Hauses haben zwei Hunde, mit denen ich nichts zu tun haben möchte und Leni respektiert das. Ich mag eben keine Hunde, die nach mir schnappen und bei ihren großen Zähnen, habe ich mit meinen kleinen Zähnen überhaupt keine Chance mich zu verteidigen. Wir bleiben jedoch nicht lange hier, denn es ist nur eine Übergangswohnung gewesen und so beginnt die Wohnungssuche mit den gleichen Problemen erneut. Es dauert beinahe ein halbes Jahr bis wir zufällig eine Wohnung gefunden haben. Die Besichtigung hat mir sehr gefallen, denn hier gibt es einen Garten nur für mich alleine. Ich bin froh, dass wir hier her ziehen, auch wenn der Umzug wieder mit Stress verbunden ist.

Aber hier habe ich meine Ruhe, kann entspannt im kühlen Gras liegen, während die Sonne mir den Pelz aufwärmt und niemand klaut mir meine Spielsachen oder ärgert mich. Auch einen Hundefreund habe ich hier kennengelernt! Natürlich gibt es auch hier wieder schlechte Hundebesitzer, die hat man leider überall, aber die sind mir egal. Solange ich Leni an meiner Seite habe, bin ich überall zuhause und niemand wird mir etwas tun. Sie ist mein Fels in der Brandung und ich bin ihrer. Mittlerweile bin ich sechs Jahre alt und lebe ein tolles Hundeleben. Auch wenn mich meine Vergangenheit immer mal wieder einholt in Form von Angstphasen oder Albträumen, bin ich dankbar für das Leben, welches ich jetzt führen darf. Eine Familie, die mich liebt. Ich muss mir keine Sorgen um etwas zu Fressen oder frisches Wasser machen. Ich habe ein warmes Zuhause mit vielen Schlafplätzen und Spielsachen. Und das wichtigste ist: ich bin sicher. Nun wünsch' mir und meiner Familie viel Glück im neuen Zuhause und hab eine schöne Zeit!

Deine Bella

Nachwort

Alle in dieser Geschichten genannten Fakten wurden zusammengetragen durch eigene Erfahrungen, Gesprächen mit Tierärzten, Gelesenes aus verschiedenen Büchern und Internetrecherchen. Für die Richtigkeit der Fakten wird keine Haftung übernommen. Für diejenigen, die gerne selbst nachlesen möchten, habe ich einige Quellen hier aufgelistet, die ich persönlich empfehle. Tasso e.V. ist ein auf Spenden angewiesener Verein, der sich den Haustieren verschrieben hat. Als Katzen – und Hundebesitzer kann man dort sein Tier kostenlos registrieren. Sollte dein Tier weglaufen, kannst du Tasso informieren, die dir nicht nur mit hilfreichen Tipps zur Seite stehen, sondern auch auf anderen Wegen helfen. Auf der Website findest du unter dem Punkt Service die Rubrik Wissensportal. Hier findest du allerhand Informationen zum Thema Tierhaltung und es gibt auch coole DIYs! Vorbeischauen lohnt sich auf jeden Fall und funktioniert auch ohne Registrierung. Wer sich neben diesen Dingen auch über die verschiedenen Mittelmeerkrankheiten informieren möchte, dem empfehle ich die Seite www.parasitosen.de – hier gibt es allerhand Informationen zu den verschiedenen Krankheiten. In meiner Geschichte gehe ich nur auf Hepatozoonose ein, da das meine Krankheit ist und ich keine der anderen habe. Solltest du dein Tier testen lassen und das Ergebnis ist positiv, kann es durchaus sein, dass dein Tierarzt sich nicht gut mit der Materie auskennt, da diese Krankheiten nicht so oft vorkommen wie Knochenbrüche oder Übelkeit.

Mein Tierarzt hat es zugegeben, sich belesen und informiert und mich erst dann behandelt. Das macht für mich einen guten Tierarzt aus. Du möchtest gerne Hunden im Ausland helfen und hast kein Tierheim in deiner Nähe, die Tiere aus dem Ausland führen? Dann habe ich hier die Lösung für dich: auf der Seite des Tierschutzbundes Deutschland gibt es eine offizielle Liste. Du findest sie, indem du die Seite des Tierschutzbundes aufrufst, auf Organisation klickst und von da aus über die Rubrik „über uns" auf die Auswahl „Tierschutzvereine Ausland" klickst. An diese kannst du dich wenden, wenn du den vielen kleinen und womöglich nicht so legalen Tierschutzvereinen entgehen möchtest. Dennoch empfiehlt es sich in deutschen Tierheimen zu gucken, auch wenn man eine weite Strecke fahren muss. Meine Familie ist insgesamt 600 Kilometer für mich gefahren und hat es keine Sekunde bereut. Denn unsere deutschen Tierheime sind meist vollkommen überfüllt und obendrein finanziell oft in Bedrängnis. Es ist wichtig diese zu unterstützen und ihre Arbeit zu würdigen. Gebe auch alten Hunden eine zweite Chance. Stell dir vor du würdest von deiner Familie abgegeben werden und alleine in einem Heim sterben, das ist kein schöner Gedanke. Wir können alle einen wichtigen Beitrag leisten. Und wenn du kein Tier aus dem Tierheim möchtest, mache doch deinem Tierheim vor Ort eine andere Freude. Kleine Sach- – oder Geldspenden sind immer willkommen oder lasse dich als Gassigeher eintragen oder übernehme Fahrten in die Tierklinik. Dein Tierheim wird sich freuen und deine Seele sich auch.
Es ist leicht etwas Gutes zu tun.

Auch verschiedene Onlineshops für Hundeprodukte bieten eine Vielzahl von Informationen, die für dich interessant sein können. Fressnapf bietet zum Beispiel unter vielen Kategorien eine Unmenge an Wissen an. Hier gibt es neben dem typischen Gesundheit, Pflege, Erziehung und Ernährung auch Rubriken zum Thema Hunderassen, Urlaub und Reisen mit Hund oder die Möglichkeit sich eintragen zu lassen, wenn man einem Hund ein Zuhause schenken möchte.

Zum Abschluss möchte ich noch kurz das Thema Ernährung aufgreifen, denn ob du es glaubst oder nicht, viele Straßenhunde haben Lebensmittelunverträglichkeiten. Ironisch, wenn man bedenkt wie viele von uns sich hauptsächlich von Müll ernährt haben. Bei dem Thema Ernährung scheiden sich die Geister. Trocken oder Dosenfutter? Oder doch Barfen? Und was ist mit denen, die keine Fleischsorte vertragen? Gehe bei diesem Thema den Weg, der sowohl für dein Tier als auch für dich machbar ist. Wenn du dich mehr mit den einzelnen Themen auseinandersetzen möchtest, empfehle ich dir folgende Möglichkeiten.

Auf der Website „ barf-fuer-hunde „ findest du eine Vielzahl von Informationen rund um das Thema Barfen, aber auch externe Links, die dich zu rassespezifischen Foren weiterleiten. Darf es doch lieber das altbewährte Nass – und Trockenfutter sein? Dann verweise ich dich sehr gerne wieder an die typischen Anlaufstellen, wie die Informationsseiten von Onlineshops für Tierbedarf. Verträgt dein Hund keine Fleischsorte oder du möchtest deinen Hund gesund ernähren und dennoch etwas für das Klima tun? Dann empfehle ich dir die

Website von Green Petfood (hier gibt es übrigens nicht nur Insekten, sondern auch normales Futter). Green Petfood legt Wert auf eine gute Klimabilanz und auf Offenheit dem Kunden gegenüber. So erfährst du wie das Futter hergestellt wird, wo was her kommt und was du mit deinem Kauf unterstützt. Somit sollte für jeden Hund (und jede Katze, denn du kannst alle hier genannten Informationen auch auf Katzen übertragen) und jedem Besitzer das Passende dabei sein.

Danksagung

Ich bedanke mich herzlich bei allen Lesern. Ich hoffe, mit dieser Geschichte euch nicht nur das Thema Straßenhunde näher gebracht zu haben, sondern auch einige wichtige Informationen geteilt zu haben. Ich möchte mit der Geschichte auf das Tabuthema Straßenhunde in Urlaubsgebieten eingehen und auch das Thema aufgreifen, was vielen Hundehaltern auf die Nerven geht: schlechte Hundehalter. Es ist wichtig Dinge beim Namen zu nennen, denn nur so kann man etwas ändern. Sprecht andere Halter an, wenn sie sich schlecht euch oder eurem Tier gegenüber verhalten. Überlegt euch vor der Urlaubsbuchung wo es hingeht und was mit eurem Geld passiert, denn auch in Deutschland gibt es eine Vielzahl schöner Plätze zum Urlaub machen und da könnt ihr problemlos eure Tiere mitnehmen, anstatt sie in Hundepensionen abzugeben oder mit einem Flug zu quälen. Wir Hunde sind Teil eurer Familie, wir würden für euch im Kampf sterben, jedoch behandeln uns viele als selbstverständlich oder als Sache. Sei bitte keine dieser Personen, sei ein guter, liebevoller Halter; erziehe deine Tiere und pflege sie artgerecht. So machst du uns glücklich und leistest einen wichtigen Anteil in der Gesellschaft.

Andere Bücher der Verlegerin...

Klappentext:
>> Viele Jahrhunderte lebte Raven verlassen in den Wäldern in der Nähe von Düren, gezeichnet von grausamen Schicksalsschlägen und verstoßen von ihrer eigenen Mutter. Nachdem sich jedoch ein Silberstreif am Horizont zeigte und Penny in ihr Leben kam, erhoffte sich Raven endlich Liebe und Frieden zu finden, doch da hat sie die Rechnung ohne das Schicksal gemacht. Eine alte Bekanntschaft. Die Rückkehr der blutrünstigen Mary. Ein Kampf um Leben und Tod, um die Welt davor zu bewahren aus ihren Fugen gesprengt zu werden. <<

Eine Dilogie in einem Buch.
Erst kommt Band 2, gefolgt von Band 1, danach das Glossar und zum Schluss die Danksagung.

ISBN Taschenbuch: 9783347821071
ISBN Ebook: 9783347821101

erschienen am 03. April 2023

Klappentext:

>> Atemberaubende Wunder erwarten dich in Andøya.

Luna Doucer wuchs in einem Kinderheim auf, nachdem sie ein schlimmer Schicksalsschlag ereilte. Sie hatte ihre Hoffnung bereits aufgegeben, als ihr Leben eine rasche Wendung für sie bereit hielt und ihre Wege sie in das norwegische Andøya führten.

Was ist wahr und was spielt in Lunas Fantasie? Diese Frage darfst du dir selbst beantworten. <<

erschienen am 01. November 2023

ISBN Taschenbuch: 9783347819979
ISBN Ebook: 9783347820029

Zeitfracht Medien GmbH
Ferdinand-Jühlke-Straße 7
99095 Erfurt, Deutschland
produktsicherheit@kolibri360.de